모란이 피기까지는

한 국 대 표
명 시 선
1 0 0

김 영 랑

모란이 피기까지는

시인생각

1

모란이 피기까지는

모란이 피기까지는
나는 아직 나의 봄을 기둘리고 있을 테요
모란이 뚝뚝 떨어져 버린 날
나는 비로소 봄을 여읜 설움에 잠길 테요
오월 어느 날 그 하루 무덥던 날
떨어져 누운 꽃잎마저 시들어 버리고는
천지에 모란은 자취도 없어지고
뻗쳐오르던 내 보람 서운케 무너졌느니
모란이 지고 말면 그뿐, 내 한 해는 다 가고 말아
삼백예순날 하냥 섭섭해 우옵네다
모란이 피기까지는
나는 아직 기둘리고 있을 테요
찬란한 슬픔의 봄을

돌담에 속삭이는 햇발

돌담에 속삭이는 햇발같이
풀 아래 웃음 짓는 샘물같이
내 마음 고요히 고운 봄길 위에
오늘 하루 하늘을 우러르고 싶다

새악시 볼에 떠 오는 부끄럼같이
시의 가슴 살포시 젖는 물결같이
보드레한 에메랄드 얇게 흐르는
실비단 하늘을 바라보고 싶다

내 마음을 아실 이

내 마음을 아실 이
내 혼자 마음 날같이 아실 이
그래도 어데나 계실 것이면

내 마음에 때때로 어리우는 티끌과
속임 없는 눈물의 간곡한 방울방울
푸른 밤 고이 맺는 이슬 같은 보람을
보밴 듯 감추었다 내어드리리

아! 그립다
내 혼자 마음 날같이 아실 이
꿈에나 아득히 보이는가

향 맑은 옥돌에 불이 달아
사랑은 타기도 하오련만
불빛에 연긴 듯 희미론 마음은
사랑도 모르리 내 혼자 마음은

춘향春香

큰 칼 쓰고 옥獄에 든 춘향春香이는
제 마음이 그리도 독했던가 놀래었다
성문이 부서져도 이 악물고
사또를 노려보던 교만한 눈
그 옛날 성학사成學士 박팽년朴彭年이
불지짐에도 태연하였음을 알았었니라
오! 일편단심

원통코 독한 마음 잠과 꿈을 이뤘으랴
옥방獄房 첫날밤은 길고도 무서워라
설움이 사무치고 지쳐 쓰러지면
남강南江의 외론 혼은 불리어 나왔느니
논개論介! 어린 춘향을 꼭 안아
밤새워 마음과 살을 어루만지다
오! 일편단심

사랑이 무엇이기
정절이 무엇이기
그 때문에 꽃의 춘향 그만 옥사獄死한단 말가
지네 구렁이 같은 변학도卞學徒의

흉측한 얼굴에 까무러쳐도
어린 가슴 달큼히 지켜주는 도련님 생각
오! 일편단심

상하고 멍든 자리 마디마디 문지르며
눈물은 타고 남은 간을 젖어 내렸다
버들잎이 창살에 선뜻 스치는 날도
도련님 말방울 소리는 아니 들렸다
삼경三更을 새우다가 그는 고만 단장斷腸하다
두견이 울어 두견이 울어 남원南原 고을도 깨어지고
오! 일편단심

깊은 겨울밤 비바람은 우루루루
피칠해 논 옥창살을 들이치는데
옥獄 죽음한 원귀들이 구석구석에 휙휙 울어
청절 춘향도 혼을 잃고 몸을 버려 버렸다
밤새도록 까무러치고
해 돋을 녘 깨어나다
오! 일편단심

믿고 바라고 눈 아프게 보고 싶던 도련님이
죽기 전에 와 주셨다 춘향은 살았구나
쑥대머리 귀신 얼굴 된 춘향이 보고
이 도령은 잔인스레 웃었다 저 때문의 정절이 자랑스러워
'우리 집이 팍 망해서 상거지가 되었지야'
틀림없는 도련님 춘향은 원망도 안 했니라
오! 일편단심

모진 춘향이 그 밤 새벽에 또 까무러쳐서는
영 다시 깨어나진 못했었다 두견은 울었건만
도련님 다시 뵈어 한을 풀었으나 살아날 가망은 아주 끊기고
온몸 푸른 맥도 획 풀려 버렸을 법
출도出道 끝에 어사는 춘향의 몸을 거두며 울다
'내 변가卞哥보다 잔인 무지하여 춘향을 죽였구나'
오! 일편단심

오—매 단풍 들것네

"오—매 단풍 들것네"
장광에 골 붉은 감잎 날아와
누이는 놀란 듯이 치어다보며
"오—매 단풍 들것네"

추석이 내일모레 기둘리리
바람이 자지어서 걱정이리
누이의 마음아 나를 보아라
"오—매 단풍 들것네"

청명淸明

호르 호르르 호르르르 가을 아침
취어진 청명을 마시며 거닐면
수풀이 호르르 벌레가 호르르르
청명은 내 머릿속 가슴 속을 젖어들어
발끝 손끝으로 새어나가나니

온 살결 터럭 끝은 모두 눈이요 입이라
나는 수풀의 정을 알 수 있고
벌레의 예지를 알 수 있다
그리하여 나도 이 아침 청명의
가장 곱지 못한 노래꾼이 된다

수풀과 벌레는 자고 깨인 어린애
밤새워 빨고도 이슬은 남았다
남았거든 나를 주라
나는 이 청명에도 주리나니
방에 문을 달고 벽을 향해 숨 쉬지 않았느뇨

햇발이 처음 쏟아지면
청명은 갑자기 으리으리한 관冠을 쓰고
그때에 토록하고 동백 한 알은 빠지나니
오! 그 빛남 그 고요함
간밤에 하늘을 쫓긴 별살의 흐름이 저리했다

왼 소리의 앞소리요
왼 빛깔의 비롯이라
이 청명에 포근 취어진 내 마음
감각의 시원한 골에 돋은 한낱 풀잎이라
평생을 이슬 밑에 자리 잡은 한낱 버러지로다

5월

들길은 마을에 들자 붉어지고
마을 골목은 들로 내려서자 푸르러졌다
바람은 넘실 천이랑 만이랑
이랑이랑 햇빛이 갈라지고
보리도 허리통이 부끄럽게 드러났다
꾀꼬리도 엽태 혼자 날아 볼 줄 모르나니
암컷이라 쫓길 뿐
수놈이라 쫓을 뿐
황금 빛난 길이 어지럴 뿐
얇은 단장 하고 아양 가득 차 있는
산봉우리야 오늘 밤 너 어디로 가 버리런?

가늘한 내음

내 가슴 속에 가늘한 내음
애끈히 떠도는 내음
저녁 해 고요히 지는 제
머-ㄴ 산허리에 슬리는 보랏빛

오! 그 수심 띤 보랏빛
내가 잃은 마음의 그림자
한 이틀 정열에 뚝뚝 떨어진 모란의
깃든 향취가 이 가슴 놓고 갔을 줄이야

얼결에 여읜 봄 흐르는 마음
헛되이 찾으려 허덕이는 날
뻘 위에 철—썩 갯물이 놓이듯
얼컥—이는 후끈한 마음

아! 후끈한 내음 내키다 마는
서어한 가슴에 그늘이 도나니
수심 뜨고 애끈하고 고요하기
산허리에 슬리는 저녁 보랏빛

두견 杜鵑

울어 피를 뱉고 뱉은 피는 도로 삼켜
평생을 원한과 슬픔에 지친 작은 새
너는 너른 세상에 설움을 피로 새기러 오고
네 눈물은 수천 세월을 끊임없이 흐려 놓았다
여기는 먼 남쪽 땅 너 쫓겨 숨음직한 외딴곳
달빛 너무도 황홀하여 호젓한 이 새벽을
송기한 네 울음 천길 바다 밑 고기를 놀래고
하늘 가 어린 별들 버르르 떨리겠고나.

몇 해라 이 삼경三更에 빙빙 도는 눈물을
씻지는 못하고 고인 그대로 흘리었느니
서럽고 외롭고 여윈 이 몸은
퍼붓는 네 술잔에 그만 지늘겼느니
무섬증 드는 이 새벽까지 울리는 저승의 노래
저기 성 밑을 돌아나가는 죽음의 자랑찬 소리여
달빛 오히려 마음 어둘 저 흰 등 흐느껴 가신다.
오래 시들어 파리한 마음마저 가고 지워라.

비탄의 넋이 붉은 마음만 낱낱 시들피느니
짙은 봄 옥 속 춘향이 아니 죽었을라디야

옛날 왕궁王宮을 나신 나이 어린 임금이
산골에 홀히 우시다 너를 따라가셨더라니
고금도古今島 마주 보이는 남쪽 바닷가 한 많은 귀양길
천 리 망아지 얼넝 소리 쉰 듯 멈추고
선비 여윈 얼굴 푸른 물에 띄웠을 제
네 한恨된 울음 죽음을 흐려 불렀으리라.

너 아니 울어도 이 세상 서럽고 쓰린 것을
이른 봄 수풀이 초록빛 들어 풀 내음새 그윽하고
가는 댓잎에 초생달 매달려 애틋한 밝은 어둠을
너 몹시 안타까워 포실거리며 훗훗 목메었으니
아니 울고는 하마 죽어 없으리 오! 불행의 넋이여
우지진 진달래 와직 지우는 이 삼경의 네 울음
희미한 줄 산이 살풋 물러서고
조그만 시골이 흥청 깨어진다.

집

내 집 아니라
늬 집이라
날으다 얼른 돌아오라
처마 난간이
늬들 가여운 속삭임을 지음知音터라

내 집 아니라
늬 집이라
아배 간 뒤 머언 날
아들 손자 잠도 깨우리
문틈 사이 늬는 몇 대代째 설워 우느뇨

내 집 아니라
늬 집이라
하늘 나르던 은행잎이
좁은 마루 구석에 품인 듯 안겨든다
태고로 맑은 바람이 거기 살았니라

오! 내 집이라
열 해요 스무 해를
앉았다 누웠달 뿐
문밖에 바쁜 손이
길 잘못 들어 날 찾아오고

손때 살내음도 절었을 난간이
흔히 나를 안고 한가하다
한두 쪽 흰구름도 사라지는디
한두엇 저질러 논 부끄러운 짓
파아란 하늘처럼 아슴풀하다

2

언덕에 바로 누워

언덕에 바로 누워
아슬한 푸른 하늘 뜻 없이 바래다가
나는 잊었습네 눈물 도는 노래를
그 하늘 아슬하여 너무도 아슬하여

이 몸이 서러운 줄 언덕이야 아시련만
마음의 가는 웃음 한때라도 없더라냐
아슬한 하늘 아래 귀여운 맘 질기운 맘
내 눈은 감기었데 감기었데

연 1

내 어린 날!
아슬한 하늘에 뜬 연같이
바람에 깜박이는 연실같이
내 어린 날! 아슴풀하다

하늘은 파―랗고 끝없고
편편한 연실은 조매롭고
오! 흰 연 그 새에 높이
아실아실 떠놀다 내 어린 날!

바람 일어 끊어지던 날
엄마 아빠 부르고 울다
희끗희끗한 실낫이 서러워
아침저녁 나무 밑에 울다

오! 내 어린 날 하얀 옷 입고
외로이 자랐다 하얀 넋 담고
조마조마 길가에 붉은 발자국
자욱마다 눈물이 고이였었다

연 2

좀평나무 높은 가지 끝에 얽힌 다아 해진 흰 실낱을 남은
몰라도
　보름 전에 산을 넘어 멀리 가버린 내 연의 한 알 남긴 설
움의 첫 씨
　태어난 뒤 처음 높이 띄운 보람 맛본 보람
　안 끊어졌드면 그럴 수 없지
　찬바람 쐬며 콧물 흘리며 그 겨우내 그 실낱 치어다보러
다녔으리
　내 인생이란 그때부터 벌써 시든 상 싶어
　철든 어른을 뽐내다가도 그 실낱같은 병病의 실마리
　마음 한구석에 도사리고 있어 얼씬거리면
　아이고! 모르지
　불다 자는 바람 타다 꺼진 불똥
　아! 인생도 겨레도 다아 멀어지더구나

불지암佛地菴[*]

그 밤 가득한 산山 정기는 기척 없이 솟은 하얀 달빛에 모
두 쓸리우고
　한낮을 향미로우라 울리던 시냇물 소리마저 멀고 그윽하여
　중향衆香의 맑은 돌에 맺은 금이슬 구을러 흐르듯
　아담한 꿈 하나 여승의 호젓한 품을 애끊이 사라졌느니

　천년 옛날 쫓기어간 신라의 아들이냐 그 빛은 청초한 수
미산 나리꽃
　정녕 지름길 섯드른 흰옷 입은 고운 소년이
　흡사 그 바다에서 이 바다로 고요히 떨어지는 별살같이
　옆 산모롱이에 언뜻 나타나 앞 골 시내로 사뿐 사라지심

　승은 아까워 못 견디는 양 희미해지는 꿈만 뒤쫓았으나
　끝없는지라 돌여 밝은 날의 남모를 귀한 보람을 품었을 뿐
　토끼라 사슴만 뛰어보여도 반드시 기리어지는 사나이 지
나 섰느니

고운 연輦의 거동이 있음직한 맑고 트인 날 해는 기우는 제
승의 보람은 이루었느냐 가엾어라 미목 청수한 젊은 선비
앞 시냇물 모이는 새파란 소에 몸을 던지시니라

*) 내금강內金江 유적幽寂한 곳에 허물어져 가는 고찰古刹.
   두 젊은 승이 그의 스님을 모시고 있다.

뉘 눈결에 쏘이었소

뉘 눈결에 쏘이었소
왼통 수줍어진 저 하늘빛
담 안에 복숭아꽃이 붉고
밖에 봄은 벌써 재앙스럽소

꾀꼬리 단둘이 단둘이로다
빈 골짝도 부끄러워
혼란스런 노래로 흰구름 피어올리나
그 속에 든 꿈이 더 재앙스럽소

내 훗진 노래

그대 내 훗진 노래를 들으실까
꽃은 가득 피고 벌떼 닝닝거리고

그대 내 그늘 없는 소리를 들으실까
안개 자욱이 푸른 골을 다 덮었네

그대 내 흥 안 이는 노래를 들으실까
봄 물결은 왜 이는지 출렁거린다

내 소리는 꿰벗어 봄철이 실타리
호젓한 소리 가다가는 쓸쓸한 소리

어슨 달밤 빨간 동백꽃 쥐어 따서
마음씨 냥 꽁꽁 주물러버리네

금호강

언제부터
웅그레 저 수백 리를
맥맥히 이어받고 이어가는 도란 물결 소리
슬픈 어족魚族 거슬러 행렬하는 강
차라리 아쉬움에
내 후련한 연륜과 함께
맛보듯 구수한 이야기 잊고
어드맬 흘러갈 금호강

여기 해 뜨는 아침이 있었다
계절풍과 더불어 꽃피는 봄이 있었다
교교히 달빛 어린 가을이 있었다

이 나룻가에서
내가 몸을 따루며 살았다
물소리를 듣고 잠들었다

오랜 오늘
근이는 대학을 들고
수방우와 그리고 선이가 죽었다는
소문이 도시 믿어지지 않은,

이 나룻가
오롯한 위치에 내 홀로 서면,
지금은 어느 어머니가 된
눈맵시 아름다운 여인의 이름이
아직도 입술에 맴돌아
사라지지 않고
이 나룻가 물을 마시고 받은
내 청춘의 상처

아― 나의 병아

바다로 가자

바다로 가자 큰 바다로 가자
우리 인젠 큰 하늘과 넓은 바다를 마음대로 가졌노라
하늘이 바다요 바다가 하늘이라
바다 하늘 모두 다 가졌노라
옳다 그리하여 가슴이 뻐근치야
우리 모두 다 가자꾸나 큰 바다로 가자꾸나

우리는 바다 없이 살았지야 숨 막히고 살았지야
그리하여 쪼여들고 울고불고 하였지야
바다 없는 항구 속에 사로잡힌 몸은
살이 터져나고 뼈 튀겨나고 넋이 흩어지고
하마터면 아주 꺼꾸러져 버릴 것을
오! 바다가 터지도다 큰 바다가 터지도다

쪽배 타면 제주濟州야 가고 오고
독목선獨木船 왜倭섬이사 갔다 왔지
허나 그게 바다러냐
건너뛰는 실개천이라
우리 삼 년 걸려도 큰 배를 짓자꾸나
큰 바다 넓은 하늘을 우리는 가졌노라

우리 큰 배 타고 떠나가자꾸나
창랑滄浪을 헤치고 태풍을 걷어차고
하늘과 맞닿은 저 수평선 뚫으리라
큰 호통 하고 떠나가자꾸나
바다 없는 항구에 사로잡힌 마음들아
툭 털고 일어서자 바다가 네 집이라

우리들 사슬 벗은 넋이로다 풀어놓인 겨레로다
가슴엔 잔뜩 별을 안으렴아
손에 잡히는 엄마별 아가별
머리엔 끄득 보배를 이고 오렴
발아래 쫙 깔린 산호요 진주라
바다로 가자 우리 큰 바다로 가자

황홀한 달빛

황홀한 달빛
바다는 은銀장
천지는 꿈인 양
이리 고요하다

부르면 내려올 듯
정든 달은
맑고 은은한 노래
울려날 듯

저 은장 위에
떨어진단들
달이야 설마
깨어질라고

떨어져 보라
저 달 어서 떨어져라
그 혼란스럼
아름다운 천둥 지둥

후젓한 삼경三更
산 위에 홀히
꿈꾸는 바다
깨울 수 없다

푸른 향물

푸른 향물 흘러버린 언덕 위에
내 마음 하루살이 나래로다
보실보실 가을 눈眼이 그 나래를 치며
허공의 속삭임을 들으라 한다

3

끝없는 강물이 흐르네

내 마음의 어딘 듯 한편에 끝없는 강물이 흐르네
돋쳐 오르는 아침 날빛이 빤질한 은결을 돋우네
가슴엔 듯 눈엔 듯 또 핏줄엔 듯
마음이 도른도른 숨어 있는 곳
내 마음의 어딘 듯 한편에 끝없는
강물이 흐르네

강선대降仙臺

강선대 돌바늘 끝에
하잔한 인간 하나
그는 버—르써
불타오르는 호수에 뛰어내려서
제 몸 사뤘더라면 좋았을 인간

이제 몇 해뇨
그 황홀 만나도 이 몸 선뜻 못 내던지고
그 찬란 보고도 노래는 영영 못 부른 채

젖어드는 물결과 싸우다 넘기고
시달린 마음이라 더러 눈물 맺었네

강선대 돌바늘 끝에 벌써
불사뤘어야 좋았을 인간

독毒을 차고

내 가슴에 독毒을 찬 지 오래로다
아직 아무도 해한 일 없는 새로 뽑은 독
벗은 그 무서운 독 그만 흩어버리라 한다
나는 그 독이 선뜻 벗도 해할지 모른다 위협하고

독 안 차고 살아도 머지않아 너 나마저 가버리면
억만 세대가 그 뒤로 잠자코 흘러가고
나중에 땅덩이 모자라져 모래알이 될 것임을
'허무한디!'
독은 차서 무엇하느냐고?

아! 내 세상에 태어났음을 원망 않고 보낸
어느 하루가 있었던가.
'허무한디!'
허나 앞뒤로 덤비는 이리 승냥이 바야흐로 내 마음을 노리매
내 산 채 짐승의 밥이 되어 찢기우고 할퀴우라 내맡긴 신
세임을

나는 독을 차고 선선히 가리라
막음 날 내 외로운 혼 건지기 위하여

어느 날 어느 때고

어느 날 어느 때고
잘 가기 위하여
평안히 가기 위하여
몸이 비록
아프고 지칠지라도
마음 평안히
가기 위하여
일만 정성
모두어 보리.
멋없이 봄은 살같이 떠나고
중년은 하 외로워도
이 허무에선 떠나야 될 것을
살이 삭삭
여미고 썰릴지라도
마음 평안히
가기 위하여
아! 이것
평생을 닦는 좁은 길

낮의 소란소리

거나한 낮의 소란소리 풍겼는디
금시 퇴락하는 양
묵은 벽지壁紙의 내음 그윽하고
저쯤 예사 걸려 있을 희멀끔한 달
한 자락 펴진 구름도 못 말아놓는 바람이어니
묵근히 옮겨 딛는 밤의 검은 발짓만
고되인 넋을 짓밟누나
아! 몇 날을 더 몇 날을
뛰어본 다리 날아본 다리
허잔한 풍경風景을 안고 고요히 선다

그대는 호령도 하실 만하다

창랑에 잠방거리는 섬들을 길러
그대는 탈도 없이 태연스럽다

마을 휩쓸고 목숨 앗아간
간밤 풍랑도 가소롭구나

아침 날빛에 돛 높이 달고
청산아 봐란 듯 떠나가는 배

바람은 차고 물결은 치고
그대는 호령도 하실만하다

묘비명

생전에 이다지 외로운 사람
어이해 뫼 아래 비碑돌 세우오
초조론 길손의 한숨이라도
헤어진 고총에 자주 떠오리
날마다 외롭다 가고 말 사람
그래도 뫼 아래 비돌 세우리
'외롭건 내 곁에 쉬시다 가라'
한恨되는 한 마디 삭이실란가

밤 사람 그립고야

밤 사람 그립고야
말없이 걸어가는 밤 사람 그립고야
보름 넘은 달 그리매 마음 아이 서어로아
오랜 밤을 나도 혼자 밤 사람 그립고야

우감偶感

우렁찬 소리 한 마디 안 그리운가
네 비위에 꼭 맞는 그 한마디!
입에 돌고 귀에 아직 우는구나

사십 갓 찬 나이, 내 일찍 나서 좋다
창자가 잘리는 설움도 맛봐서 좋다
간 쓸개가 가까스로 남았거늘

아버지도 싫다 너무 이른 때 나셨다
아들도 싫다 너무 지나서 나왔다
내 나이 알맞다 가장 서럽게 자랐다

행복을 찾노라 모두들 환장한다
제 혼자 때문만 아니라는구나 주제넘게 남의 행복까지!
갖다 부처님께 바쳐라 앓는 마누라나 달래라

봄 되면 우렁찬 소리 여기저기 나는 듯해 자지러지다가도
거저 되살아날 듯싶다만 내 보금자리는 하냥 서런 행복이
가득 차 있다

사랑은 하늘

사랑은 깊으기 푸른 하늘
맹세는 가볍기 흰 구름 쪽
그 구름 사라진다 서럽지는 않으나
그 하늘 큰 조화 못 믿지는 않으나

4

다정히도 불어오는 바람

다정히도 불어오는 바람이길래
내 숨결 가부엽게 실어 보냈지
하늘가를 스치고 휘도는 바람
어이면 한숨만 몰아다주오

그 색시 서럽다

그 색시 서럽다 그 얼굴 그 동자가
가을 하늘가에 도는 바람숫긴 구름조각
핼슥하고 서느라워 어데로 떠갔으랴
그 색시 서럽다 옛날의 옛날의

허리띠 매는 시악시

허리띠 매는 시악시 마음실같이
꽃가지에 은은한 그늘이 지면
흰 날의 내 가슴 아지랑이 낀다
흰 날의 내 가슴 아지랑이 낀다

허리띠 매는 시악시

숲 향기

숲 향기 숨길을 가로막았소
발끝에 구슬이 깨이어지고
달 따라 들길을 걸어 다니다
하룻밤 여름을 새워버렸소

뵈지도 않는 입김

뵈지도 않는 입김의 가는 실마리
새파란 하늘 끝에 오름과 같이
대숲의 숨은 마음 기어 찾으려
삶은 오로지 바늘 끝같이

아파 누워 혼자

아파 누워 혼자 비노라
이대로 가진 못하느냐

비는 마음 그래도 거짓 있나
사잔 욕심 찾아도 보나
새삼스레 있을 리 없다
힘없고 느릿한 핏줄 하나

오! 그저 이슬같이
예사 고요히 지려무나
저기 은행잎은 떠날른다

한 줌 흙

본시 평탄했을 마음 아니로다
굳이 톱질하여 산산 찢어놓았다

풍경風景이 눈을 홀리지 못하고
사랑이 생각을 흐리지 못한다

지쳐 원망도 않고 산다

대체 내 노래는 어디로 갔느냐
가장 거룩한 것 이 눈물만

아신 마음 끝내 못 빼앗고
주린 마음 끄득 못 배 불리고

어차피 몸도 피로워졌다
바삐 관棺에 못을 다져라

아무려나 한 줌 흙이 되는구나

함박눈

‘바람이 부는 대로 찾아가오리’
홀린 듯 기약하신 님이시기로
행여나! 행여나! 귀를 종금이
어리석다 하심은 너무로구려

문풍지 설움에 몸이 저리어
내리는 함박눈 가슴 해어져
헛보람! 헛보람! 몰랐으료만
날더러 어리석단 너무로구료

풀 위에 맺혀지는

풀 위에 맺혀지는 이슬을 본다
눈썹에 아롱지는 눈물을 본다
풀 위엔 정기가 꿈같이 오르고
가슴은 간곡히 입을 벌린다

5월 아침

비 개인 5월 아침
혼란스런 꾀꼬리 소리
찬엄燦嚴한 햇살 퍼져 오릅내다

이슬비 새벽을 적시울 즈음
두견의 가슴 찢는 소리 피어린 흐느낌
한 그릇 옛날 향훈香薰이 어찌
이 맘 흥근 안 젖었으리오마는
이 아침 새 빛에 하늘대는 어린 속잎들 저리 부드러웁고
그 보금자리에 찌찌찌 소리 내는 잘새의 발목은 포실거리어
접힌 마음 구긴 생각 이제 다 어루만져졌나 보오

꾀꼬리는 다시 창공을 흔드오
자랑찬 새 하늘을 사치스레 만드오
사향麝香 냄새도 잊어버렸대서야
불혹不惑이 자랑이 아니 되오
아침 꾀꼬리에 안 불리는 혼이야
새벽 두견이 못 잡는 마음이야
한낮이 정밀靜謐하단들 또 무얼 하오

저 꾀꼬리 무던히 소년인가보오
새벽 두견이야 오─랜 중년이고
내사 불혹을 자랑튼 사람

5

제야除夜

제운밤 촛불이 찌르르 녹아버린다
못 견디게 무거운 어느 별이 떨어지는가

어둑한 골목골목에 수심은 떴다 갈앉았다
제운밤 이 한밤이 모질기도 하온가

희부연 종이 등불 수줍은 걸음걸이
샘물 정히 떠 붓는 안쓰러운 마음결

한해라 기리운 정을 몽고 쌓아 흰 그릇에
그대는 이 밤이라 맑으라 비사이다

좁은 길가에

좁은 길가에 무덤이 하나
이슬에 젖이우며 밤을 새운다
나는 사라져 저 별이 되오리
뫼 아래 누워서 희미한 별을

마당 앞 맑은 새암

마당 앞
맑은 새암을 들여다본다

저 깊은 땅 밑에
사로잡힌 넋 있어
언제나 머―ㄴ 하늘만
내어다보고 계심 같아

별이 총총한
맑은 새암을 들여다본다

저 깊은 땅속에
편히 누운 넋 있어
이 밤 그 눈 반짝이고
그의 겉몸 부르심 같아

마당 앞
맑은 새암은 내 영혼의 얼굴

꿈밭에 봄마음

구비진 돌담을 돌아서 돌아서
달이 흐른다 놀이 흐른다
하이얀 그림자
은실을 즈르르 몰아서
꿈밭에 봄마음 가고 가고 또 간다

내 옛날 온 꿈이

내 옛날 온 꿈이 모조리 실리어간
하늘가 닿는 데 기쁨이 사신가

고요히 사라지는 구름을 바래자
헛되나 마음 가는 그곳뿐이라

눈물을 삼키며 기쁨을 찾노란다
허공은 저리도 한없이 푸르름을

엎디어 눈물로 땅 위에 새기자
하늘가 닿는 데 기쁨이 사신다

빛깔 환히

빛깔 환히
동창에 떠오름을 기둘리신가
아흐레 어린 달이
부름도 없이 홀로 났네
월출동령 月出東嶺!
팔도 사람 다 맞이하소
기척 없이 따르는 마음
그대나 홀히 싸안아 주오

땅거미

가을날 땅거미 아름풋한 흐름 위를
고요히 실리우다 훤뜻 스러지는 것
잊은 봄 보랏빛의 낡은 내음이뇨
임의 사라진 천 리 밖의 산울림
오랜 세월 시닷긴 으스름한 파스텔

애닯은 듯한
좀 서러운 듯한
오! 모두 못 돌아오는
먼— 지난날의 놓친 마음

달

사개를 인 고풍의 툇마루에 없는 듯이 앉아
아직 떠오를 기척도 없는 달을 기둘린다
아무런 생각 없이
아무런 뜻 없이

이제 저 감나무 그림자가
사뿐 한 치씩 옮아오고
이 마루 위에 빛깔의 방석이
보시시 깔리우면

나는 내 하나인 외론 벗
가냘픈 내 그림자와
말없이 몸짓 없이 서로 맞대고 있으려니
이 밤 옮기는 발짓이나 들려오리라

물 보면 흐르고

물 보면 흐르고
별 보면 또렷한
마음이 어이면 늙으뇨

흰날에 한숨만
끝없이 떠돌던
시절이 가엾고 멀어라

안쓰런 눈물에 안겨
흩은 잎 쌓인 곳에 빗방울 듣듯
느낌은 후줄근히 흘러 흘러가건만

그 밤을 홀히 앉으면
무심코 야윈 볼도 만져보느니
시들고 못 피인 꽃 어서 떨어지거라

거문고

검은 벽에 기대선 채로
해가 스무 번 바뀌었는데
내 기린麒麟은 영영 울지를 못한다

그 가슴을 통 흔들고 간 노인의 손
지금 어느 끝없는 향연에 높이 앉았으려니
땅 위의 외론 기린이야 하마 잊어졌을라

바깥은 거친 들 이리 떼만 몰려다니고
사람인 양 꾸민 잔나비 떼들 쏘다니어
내 기린은 맘 둘 곳 몸 둘 곳 없어지다

문 아주 굳게 닫고 벽에 기대선 채
해가 또 한 번 바뀌거늘
이 밤도 내 기린은 맘 놓고 울들 못한다

　영랑永郎 선생의 시작품을 내가 처음으로 대한 것은 아직도
내 나이 20 미만의 소년 시절 ≪시문학≫이라는 동인지를
통해서였다. 정지용鄭芝溶, 박용철朴龍喆 씨들과 같이 간행하여
그들의 중요작품 일부를 실은 이 획기적인 동인지가 조선현
대시문학사상의 찬란한 금자탑이 됨은 이미 식자들의 정론
하는 바로써, 인제 여기 새삼스럽게 재언할 필요도 없거니
와 표현에 대한 자각이 뚜렷이 서지 못했던 ≪시문학≫ 이전
의 시작가들의 작품만 대하던 내 눈에 그들이 형성해 놓은
업적이 커다란 경이驚異였음은 물론 그중에서도 ≪시문학≫
지의 서두를 장식했던 영랑 선생의 주옥같은 소곡小曲들은
오랫동안 나의 모두 외우는 바 되었었다. 혼자서 그의 소곡
을 소리 내어 외우며 들길을 헤매다니던 기억, 오래잖아서
는 또 김동리金東里와 같은 동호자를 얻어 둘이서 같이 읊조
리던 기억 등이 아직도 새롭다.

　그 뒤 나는 다시 우연한 기회에 고 박용철 씨 댁에서 선
생을 친히 만나게 된 이래 18년간 선생의 거느렸던 시의 정
서와 품격은 오늘날 오히려 내 한쪽의 귀감이 되어 있었거
니와 내 이제 여기 한 후배로서 이 시선집의 발문을 초草함에
당하여 선생과 함께 못내 애석해 견딜 수 없는 것은 살아있는

정지용 씨와 돌아간 고 박용철 씨의 일이다. 두 분이 다『영
랑시선永郎詩選』의 발문을 쓰기에는 누구보다도 적임자들이
거늘 한 분은 영랑의 처녀시집을 꾸며놓고는 이내 유명幽明
을 달리했고, 또 한 분은 같은 조국 위에 있으되 을유해방乙
酉解放 후 서로 뜻을 달리하고 있다. 이 어찌 애석하고 통탄
할 일이 아니냐!

영랑 선생은 전라도 강진 사람. 소시小時에 왜경倭京에 유
학하여 청산학원에서 문학을 전공하고는 귀향하자 바로 향
리의 해안 언덕 위에 칩거하여 즐기는 음악을 듣고 시를 창성
創成하기에 해방의 날이 오도록 그곳을 떠나지 않은 분이다.
그러므로 서울에서 생활을 계속해 온 여러 문단인처럼 널리
알려져 있지를 않았다. 더구나 잘해야 한해에 한두 편밖에는
산출産出하지 않았던 그의 시에 대한 고도의 존숭尊崇 때문
에 온 과작과 겸허의 태도는 그를 한층 더 그렇게 만들었다.
생각건대, 이것은 그 스스로가 원하였던 바일 것이다.

그러나 과작과 겸허와 쩌—나리슴을 통해 유명치 않았던 것
등은 영랑시의 가치를 적게 하는 이유가 되지 못한다. 여기
저 일제 삼십여 년간의 온갖 유명有名을 회피하고 숨어서 이
나라말의 운율만을 고르고 있던 이의 선택된 정서들을 조용히

보라. 왜 그의 존재가 현대조선서정시사상의 한 절정이었던 '시문학파'의 몇몇 거성들 가운데서도 가장 오래가야 하는 가를 일반이 이해할 때는 벌써 가까워지고 있다고 생각한다.

　끝으로 이 시선을 3부로 나눈 것은 연대순에 의한 것이 아니라 시형詩型 또는 내재율의 유별類別로 가른 것임을 말해둔다. 이렇게 하는 것이 독자들을 위하여 오히려 편리하지 않을까 생각되었기 때문이다.

1949년 8월
서 정 주

— 영랑시선永郎詩選(1956. 5. 28. 정음사 간) 발사跋詞에서 —

김 영 랑

연 보

1903 (1세) 1월 16일 전라남도 강진군 강진읍 탑동 211번
지에서 아버지 김종호金鍾湖와 어머니 김해 김
씨 사이에 5남매 중 장남으로 출생.
본명 윤식允植, 아호 영랑永郎.

1909 (7세) 강진보통학교에 입학. 1915년(13세)에 졸업.

1916 (14세) 15세의 김해 김씨와 결혼. 모친의 도움으로 상
경하여 기독교 청년회관에서 영어를 공부.

1917 (15세) 휘문의숙에 입학. 부인 사망.

1919 (17세) 3·1운동이 일어나자 고향인 강진에서 의거하
다가 일경에 체포되어 대구형무소에서 6개월
간 복역.

1920 (18세) 도일渡日하여 아오야마학원靑由學院 중학부에 적을
둠. 혁명가 박열朴烈과 갖은 방에서 하숙, 용아
박용철朴龍喆과 사귐.

1921 (19세) 성악 공부를 뜻하였으나 부친의 완강한 반대로
뜻을 이루지 못하고 일시 귀국.

1922 (20세) 일본 아오야마학원 영문과 입학.

1923 (21세) 20세의 김귀연과 결혼. 여름방학에 귀국했다가
동경 대진재大震災로 학업을 중단.

1926 (24세) 장녀 애로 출생.

1928 (26세) 장남 현욱 출생.

1930(28세) 박용철, 정지용, 이하윤, 정인보 등과 <시문학>
동인으로 참가하여 3월에 잡지 ≪시문학≫
창간, 여기에 「동백닢 빛나는 마음」「언덕에
바로 누워」「누이의 마음아 나를 보아라」「4행
소곡 7수」 외 3편을 발표. 이후 「고흔 봄길 우
에」 외 8편, 「내 마음 아실 이」 외 6편을 ≪시
문학≫ 지에 발표.

1932(30세) 차남 현국 출생.

1934(32세) ≪문학≫ 창간호에 「4행 소곡 6수」 발표.

1935(33세) 『영랑시집』을 박용철의 도움으로 간행.

1938(36세) 4남 현호 출생.

1940(38세) 5남 현도 출생.

1945(43세) 광복과 함께 고향인 강진에서 우익운동 주도.
이후 대한독립촉성회에 관여하고 강진대한청
년단 단장을 지냄.

1948(46세) 서울 성동구 신당동 290의 4로 이주.

1949(47세) 공보처 출판국장을 7개월간 역임. 10월 『영랑
시선』(중앙문화사) 간행.

1950(48세) 6·25사변이 발발되어, 미처 피란을 못 가 서울
에 은신해 있다가 서울 수복을 앞둔 양군의 공
방전에서 날아온 포탄의 파편으로 부상을 입
고 9월 29일 작고. 이태원 남산 기슭에 가매
장.(1954 11월 망우리에 이장)

　한국 현대시 100년의 금자탑은 장엄하다. 오랜 역사와 더불어 꽃피워온 얼·말·글의 새벽을 열었고 외세의 침략으로 역경과 수난 속에서도 모국어의 활화산은 더욱 불길을 뿜어 세계문학 속에 한국시의 참모습을 드러내게 되었다.

　이 나라는 글의 나라였고 이 겨레는 시의 겨레였다. 글로 사직을 지키고 시로 살림하며 노래로 산과 물을 감싸왔다. 오늘 높아져 가는 겨레의 위상과 자존의 바탕에도 모국어의 위대한 용암이 들끓고 있음이다.

　이제 우리는 이 땅의 시인들이 척박한 시대를 피땀으로 경작해온 풍성한 시의 수확을 먼 미래의 자손들에게까지 누리고 살 양식으로 공급하는 곳간을 여는 일에 나서야 할 때임을 깨닫고 서두르는 것이다.

　일찍이 만해는 「님의 침묵」으로 빼앗긴 나라를 되찾고 잃어가는 민족정신을 일으켜 세우는 밑거름으로 삼았으며 그 기름의 뜻은 높은 뫼로 솟아오르고 너른 바다로 뻗어나가고 있다.

　만해가 시를 최초로 활자화한 것은 옥중시 「무궁화를 심고자」(《개벽》 27호 1922.9)였다. 만해사상실천선양회는 그 아흔 돌을 맞아 만해의 시정신을 기리는 일의 하나로 '한국대표명시선100'을 펴내게 된 것이다.

　이로써 시인들은 더욱 붓을 가다듬어 후세에 길이 남을 명편들을 낳는 일에 나서게 될 것이고, 이 겨레는 이 크나큰 모국어의 축복을 길이 가슴에 새겨나갈 것이다.

한국대표명시선100 | 김 영 랑

모란이 피기까지는

1판1쇄 발행 2013년 4월 30일
1판2쇄 발행 2015년 5월 12일

지 은 이 김 영 랑
뽑 은 이 만해사상실천선양회
펴 낸 이 이 창 섭
펴 낸 곳 시인생각
등 록 번 호 제2012-000007호(2012.7.6)
주   소 경기도 양평군 옥천면 고읍로 164
            ㉾476-832
전   화 (031)955-4961
팩   스 (031)955-4960
홈 페 이 지 http://www.dhmunhak.com
이 메 일 lkb4000@hanmail.net

값 6,000원

ISBN 978-89-98047-30-6 03810

* 잘못된 책은 책을 구입하신 서점에서 교환하여 드립니다.

※ 이 책은 만해사상실천선양회의 지원으로 간행되었습니다.